© 2013, l'école des loisirs, Paris
Loi 49956 du 16 juillet 1949,
sur les publications destinées à la jeunesse.
Dépôt légal : mars 2013
ISBN 978-2-211-21189-5

Mise en pages : *Architexte*, Bruxelles
Photogravure : *Media Process*, Bruxelles
Imprimé en Belgique par *Daneels*

Michel Van Zeveren

# Pauvre
# Petit Chat

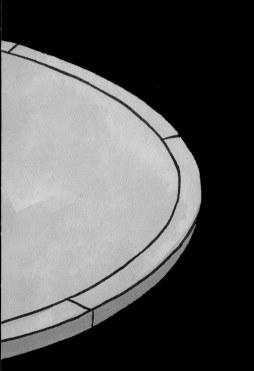

Pastel
*l'école des loisirs*

Mais que voit la lune ?

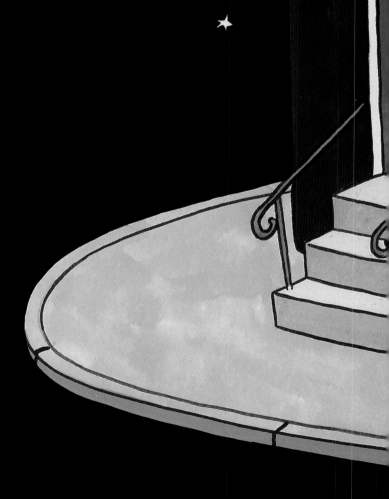

Oh ! Un pauvre petit chat.
Il est perdu.

Où est ta maison ?
dit la lune.

Tu ne sais plus…

Qu'est-ce que c'est que ça?

Pauvre Petit Chat.
Tu es perdu.
Et en plus, tu as peur de tout.

C'est pas ma faute, dit le sac.
C'est ce qui arrive quand on se promène
tout seul dans le noir !

Snif, snif…
Qu'est-ce qui sent comme ça ?

## C'est toi ?

Pauvre Petit Chat.
Tu es perdu.
Tu as peur de tout.
Et en plus,
tu ne sens pas bon.

Là !

Une porte ouverte !
Est-ce ta maison ?

Ouille !
La porte
s'est refermée
sur toi !

Pauvre Petit Chat.
Tu es perdu.
Tu as peur de tout.
Tu ne sens pas bon.
Et en plus, tu as mal.

C'est pas ma faute, dit la porte,
c'est pas chez lui, ici !

Tu veux te cacher,
Petit Chat…

Je comprends…

*Bling !*

Pauvre Petit Chat.
Tu es perdu.
Tu as peur de tout.
Tu ne sens pas bon.
Tu as mal.
Et en plus, tu as honte,
maintenant !

C'est pas ma faute, dit la lampe,
je suis quand même là
pour que tout le monde le voie !

Oh !
Mais que fais-tu là
mon pauvre pauvre Petit Chat ?
Je t'ai cherché partout !
dit la dame.

Viens à la maison.
Je vais te réchauffer,
te laver,
te soigner,
te câliner,
te bichonner,
te dorloter
et te donner
un grand bol de lait !

Et quand le sac,
la poubelle,
la porte,
le lampadaire
ont vu que Petit Chat
avait retrouvé sa maison,
tous se sont dit :

Ça, c'est grâce à moi !

Et la lune, alors ?
Qu'est-ce qu'elle a dit ?

Mais rien.
La lune, c'est la lune.

Bonne nuit, Petit Chat.